Les sortilèges de Lucie Caboche

Une histoire écrite par Arnaud Alméras
illustrée par Jacques Azam

mes premiers j'aime lire
BAYARD POCHE

Le rêve de Lucie Caboche

Lucie Caboche voudrait un chaton.
Mais ses parents lui répondent toujours :
– Pas d'animaux à la maison !

Les parents s'en vont faire une course :
– Ce ne sera pas long. Sois bien sage !

Puisque c'est comme ça, Lucie décide : « Je vais faire apparaître un chaton moi-même ! »

Lucie attrape le Grand livre des formules magiques.

Mais Lucie ne sait pas encore très bien lire : Oh ! là, là ! C'est compliqué !

Sans se décourager, Lucie déchiffre une formule magique.

Un chapeau apparaît. Lucie soupire :
– Par le nez vert de la sorcière !
Je me suis trompée !

Lucie essaye une autre formule :

Un chameau apparaît !

– Par les doigts verts de la sorcière !

Je me suis encore trompée ! s'exclame Lucie.

Catastrophe ! Le chameau mange le Grand livre...
Comment faire disparaître cet énorme chameau,
maintenant ?

Soudain, Lucie entend ses parents qui reviennent.
– Vite, Chameau, rentre dans le placard et ne bouge pas, je t'en supplie !

Les parents ont l'air très content :
– Coucou, Lucie ! Nous avons une bonne nouvelle pour toi !

Monsieur Caboche prononce une formule magique :

Lucie est folle de joie. Elle s'écrie :

– Un petit chat ! Oh ! qu'il est mignon !

Sa maman lui explique :
- Nous avions décidé de te faire une surprise, car tu as été très sage ces derniers temps !

À cet instant, on entend un grand bruit.

Lucie devient toute rouge :
– Euh... moi aussi j'ai une surprise pour vous !

Fin

Lucie Caboche et le chaudron magique

Ce samedi-là, Lucie a invité son ami Max. La maman de Lucie n'est pas là, et c'est monsieur Caboche qui garde les enfants.

Lucie propose :

– Viens, on va jouer au chaudron magique !

– Bonne idée ! répond Max.

Max et Lucie mélangent tout ce qui leur tombe sous la main.

Pendant ce temps, dans la cuisine, monsieur Caboche boit du thé.

Lucie et Max sont assez contents du résultat.

Lucie propose :
– Versons la soupe dans la théière de papa !
Il a déjà bu son thé.

Soudain, monsieur Caboche revient dans la cuisine.

– Moi, je prendrais bien une deuxième tasse de thé, chantonne monsieur Caboche.

Ça, ce n'était pas prévu.

Lucie gémit :

– Par tous les chaudrons de l'enfer, notre potion a changé papa en hamster !

C'est alors que surgit le chat de Lucie.

Vite, Lucie cache le hamster dans une boîte à chaussures.

Lucie supplie son chat :
– Il ne faut pas lui faire de mal... C'est papa !

Ça sonne à la porte d'entrée. Les parents de Max viennent le chercher.

Max explique :
On a fait une toute petite potion… et il en a bu un tout petit peu… et ça l'a un tout petit peu transformé…

Alors, la maman de Max prononce une formule magique.

À ces mots, monsieur Caboche réapparaît.

– Tiens, vous êtes là ? Je ne vous ai pas entendus sonner…

Monsieur Caboche les fait entrer dans le salon.

Max et Lucie poussent un cri...

Le goûter infernal de Lucie Caboche

C'est mercredi, Max est venu jouer chez Lucie. Ils font du judo sur le lit de Lucie et s'amusent vraiment bien.

À quatre heures et demie, la maman de Lucie appelle les deux enfants:

Lucie et Max vont dans la cuisine.

Ils sont très déçus.

Pour être tranquille, Lucie ferme soigneusement la porte de la cuisine.

Max aide Lucie à attraper le grimoire.

Lucie et Max cherchent une bonne recette : endives au jambon, purée de carottes, potage de choux-fleurs... Ils s'arrêtent sur la recette de la mousse au chocolat.

Lucie et Max prononcent la formule :

La mousse au chocolat est bien là.
Mais Max est un peu déçu :
– Elle n'est pas très grosse... et moi j'ai un appétit d'ogre !

Lucie lui fait un clin d'oeil :
– Si on prononce la formule deux fois, on en aura deux fois plus... C'est papa qui m'a dit ça.

Les enfants essaient et ça marche !
La mousse au chocolat double de volume...

Lucie et Max, ravis, répètent sans fin la formule
et la mousse gonfle, gonfle, gonfle...

Mais la mousse au chocolat touche bientôt le plafond ! Lucie est affolée :

– Par tous les chaudrons de l'enfer ! Il faut la manger avant que maman découvre notre bêtise !

Les deux amis se jettent sur la mousse au chocolat pour la faire disparaître.

Ouf, ils ont réussi à tout manger !
Lucie se tient le ventre.

À cet instant, la maman de Lucie entre dans la cuisine :

– Vous n'avez rien mangé, que se passe-t-il ?

– On n'avait pas faim, invente Lucie.

Madame Caboche se penche vers le chat :

– Tu as l'air mal en point… tu as encore dû avaler une cochonnerie !

La maman de Lucie se tourne vers les enfants :

– J'ai une bonne idée : on invite Max à dîner.

On va faire un énorme gâteau au chocolat.

Vous voulez m'aider ?

Arnaud Alméras est né à Paris en 1967. Il vit aujourd'hui à Sceaux avec sa femme et ses trois filles. Parallèlement à son métier de rédacteur à *J'aime lire*, il invente des histoires pour les enfants.

Du même auteur dans Bayard Poche :
La série des *Lili Barouf*
Minuit dans le marais - Le match d'Alice - Grotte mystérieuse - Les farceurs - Le bébé-roller (Mes premiers J'aime lire)
Courage, Trouillard ! - L'île aux pirates - Le lit voyageur - Mystères et carabistouilles - Timidino, le roi du pinceau (J'aime lire)

Jacques Azam est né en 1961 dans le Tarn. Autodidacte, il a commencé par faire des dessins de presse adulte. Puis, il s'est orienté vers la jeunesse pour la presse et l'édition. Aujourd'hui, il vit à Toulouse, et ses ouvrages sont publiés notamment chez Milan, Nathan et Bayard Jeunesse.

Du même illustrateur dans Bayard poche :
Charlie le fantôme - Le jardin de la sorcière - Joyeux anniversaire ! - Mon animal à moi (J'aime lire)

Dépôt légal : juillet 2008
ISBN : 978-2-7470-2551-5
Loi du 16 juillet 1949 sur les publications destinées à la jeunesse.

Achevé d'imprimer en 2008 par Oberthur
35000 RENNES – N° Impression : 8514
Imprimé en France